Teodor de Wyzewa

MALLARMÉ

NOTES

——————*——————

PARIS

PUBLICATIONS DE *LA VOGUE*

1886

NOTES

SUR

MALLARMÉ

Teodor de Wyzewa

MALLARMÉ

NOTES

————— * —————

PARIS

PUBLICATIONS DE *LA VOGUE*

1886

MALLARMÉ

NOTES

« Étonné de n'avoir pas senti, cette fois encore, le même genre d'impression que mes semblables, mais serein : car ma façon de voir, après tout, avait été supérieure, et même la vraie. »

MALLARMÉ *(Le Spectacle interrompu.)*

Parisiens amis, vous connaissez tous un poète bizarre, qui, depuis dix, vingt ans, depuis toujours, publie périodiquement, en des feuilles obscures, certains vers incompréhensibles, sous ce nom, — évidemment un pseudonyme : — Stéphane Mallarmé. Vous avez retenu quelques-uns de ces vers, qui, lus en tous sens, vous demeurent mystérieux : vous les récitez au dessert, dans vos maisons, lorsqu'on vous demande un monologue. Puis c'est maints critiques subtils vous invitant à cette question, cible de vos conjectures : M. Mallarmé est-il un fou ou un mystificateur ?

A ceux — à celui — qui, nourri dans quelque province lointaine, instruit par un centaure malcurieux des modernités, ignorerait ces choses mémorables, j'offrirai des notes sur l'œuvre d'un très haut artiste, et plus que tous vénéré.

I

M. Mallarmé a été, d'abord, un poète Parnassien.
Les poètes Parnassiens, avec leurs rares prédécesseurs
au seizième siècle et dans la première moitié du nôtre,
tâchaient à édifier enfin la Poésie, forme tard venue de
l'Art. Le vers avait été, d'origine, un appareil mnémo-
nique : longtemps il avait survécu, tel, à son utilité.
Les Parnassiens ont cru que les pensées dites poétiques,
et les vives images, pourraient être mieux exprimées,
plus commodément, par une prose : que la Poésie n'é-
tait pas à traduire, avec toute sorte de déformations,
des récits, paysages ou doctrines, mais à évoquer dans
les âmes des émotions musicales, différentes de celles
que pouvait suggérer la Musique. Une séculaire habitude des langages a lié, dans notre esprit, telle syllabe
à telle émotion : les Parnassiens ont voulu achever ce
langage poétique ; ils tentèrent une symphonie des
mots, éployant, en modes variés, ryhtmes et sonorités.
Toutefois, par quelque respect des conventions, ou
peut-être une incomplète conscience de leurs fins, ils
ont maintenu l'usage de « sujets » directement exprimés
dans les paroles de leurs vers. Ils ont seulement, pour
rendre plus facile leur tâche de musiciens, choisi des
sujets à dessein banals ou vides : des sentences prover-
biales, des peintures souvent tracées, tout le répertoire
des vieilles romances et des exclamations pessimistes.
Ils ont encore affecté être impassibles, voulant que
leur dédain des choses à dire parût ainsi mieux justifié.
Ils ont adapté leurs poèmes en des formes fixes, son-
nets, ballades, rondels, sous un harnachement rigou-

reux de rimes pleines : et c'était prouver que tous
sujets leur indifféraient, tous soumis, par ces poètes,
aux mêmes attitudes, aspects et dimensions. Volontiers
ils eussent accueilli un thême commun, tel bonheur ou
désespoir d'amour. Seules à les séduire les variations,
c'est-à-dire les figures diverses des musiques. Leurs
sujets, c'était le prétexte nécessaire, comme à un musicien le *libretto* de l'opéra.

Et par ces poètes Parnassiens fut créée, vraiment,
notre Poésie : par Théophile Gautier (1), qui se dé-
nommait un ouvrier des vers et qui chercha, en ouvrier,
les alliances nouvelles des sons et des rythmes ; par
M. Théodore de Banville, prêt à soumettre toutes
choses, sans différence, à sa forme brillante, d'ailleurs
spécialement rythmique ; par M. Leconte de Lisle, plus
soucieux des sujets, mais qui demeure, surtout, l'auteur
de gammes précieuses, lentes et graves ; par M. Verlaine, qui, séparé ensuite du Parnasse, fut toujours le
parfait exemplaire de l'école : artisan prodigieux, ayant
vidé son âme de pensées ou d'images, ouvrant des assonances légères, dolentes, comme fluides ; par M. le
comte de Villiers de l'Isle-Adam, le plus admirable
musicien des mots, magique dominateur des sonorités
verbales, et dont les poèmes ont le charme inexpliqué
de mélodies infiniment pures. Par eux fut donné à
l'Art un vocabulaire poétique, enrichi encore par
maints autres qu'a saisis l'Oubli.

---

(1) J'omets Hugo et Baudelaire : le premier, créateur infa-
tigué d'images, promoteur de rythmes faciles, un génial orateur.
donc, plutôt qu'un poète ; le second, psychologue original, théo-
ricien, mais trop dédaigneux des musiques voulues, pour être
davantage un poète.

Entre ces poètes Parnassiens, M. Mallarmé a, d'a-
bord, choisi son rang. Il a donné, dans le premier *Parnasse contemporain*, un recueil de brèves pièces : dans
le second *Parnasse*, un fragment de scène antique,
Hérodiade. L'intention de ces poèmes les fait pareils à
ceux des poètes cités (1). C'est des développements
musicaux, des recherches de syllabes ; les rythmes,
peu originaux, les sujets, banals, empruntés peut-être
au lexique de Baudelaire. Voici : la vie mauvaise com-
parée à un hôpital ; le poète comparé à un sonneur las;
les mélancolies du rêveur tandis que le soleil s'épand ;
le triomphe maudit des éternelles soifs idéales; la création des fleurs pour l'artiste ; le besoin de s'enfuir n'im-
porte où, hors du monde ; une femme éprise de son
corps lascif.

Mais, incontestablement, ces premiers vers de
M. Mallarmé, écrits suivant les règles du Parnasse, —
et parfaitement compréhensibles à tous dans l'inanité de
leurs sujets, — ces premiers vers ont été les plus
beaux des vers parnassiens. Leur mélodie a des empor-
tements qui rappellent les thèmes juvéniles de Beethoven.
Et comme les premières sonates de Beethoven compa-
rées aux œuvres pareilles de Mozart ou de Haydn,
les poèmes initiaux de M. Mallarmé étonnent par la

---

(1) Une preuve indiscrète : j'ai entre les mains, un exemplaire des premiers poèmes annoté, depuis, par M. Mallarmé.
Dans le sonnet : *A celle qui est tranquille*, le dernier vers où
devait être l'effet principal du morceau, est corrigé au crayon :
M. Mallarmé avait mis d'abord :

> Et j'ai peur de penser lorsque je couche seul.

Il a corrigé :

> Et j'ai peur de mourir lorsque je couche seul.

volontaire unité de leur ton musical : développement logique et nécessaire d'un motif : agencement sage des syllabes, dans le motif même, afin de produire une émotion totale. En exemple, ces quelques vers :

Dans « le Guignon » :

Au-dessus du bétail écœurant des humains
Bondissaient par instants les sauvages crinières
Des mendieurs d'azur perdus dans les chemins (1).

Dans « l'Apparition » :

La lune s'attristait: des séraphins en pleurs,
Rêvant, l'archet aux doigts, dans le calme des fleurs
Vaporeuses, tiraient de mourantes violes
De blancs sanglots glissant sur l'azur des corolles (2).

Dans « les Fleurs » :

Et tu fis la blancheur sanglotante des lys,
Qui roulant sur la mer de soupirs qu'elle effleure,
A travers l'encens bleu des horizons pâlis,
Monte rêveusement vers la lune qui pleure ! (3)

M. Mallarmé a renié, — comme il sied à l'artiste allé plus loin, — ces premiers poèmes, écrits dans la période, — si l'on veut, — de sa compréhensibilité. Ils restent, cependant, les productions parfaites d'un

---

(1) Vers cités par M. Paul Verlaine (*Les Poètes maudits*, Vanier, 1884).
(2) Vers cités par M. Paul Verlaine.
(3) *Le Parnasse contemporain.*

genre dépassé; précieux, surtout, parce qu'ils indiquent les qualités singulières qui vont conduire le poète à un genre meilleur.

Ils montrent que M. Mallarmé n'a apporté, dans l'Art, ni la vision naturelle et précise d'images, ni une disposition naturelle à la musique des mots. Les images sont rares, étrangement vagues, plutôt des symboles ; nulle description précise : les couleurs évoquées apparaissent déteintes ; le monde extérieur, pour ce poète, n'a pas une existence pleinement objective. M. Mallarmé ne s'attarde point davantage aux menues variations musicales : il n'a pas le besoin irréfléchi des recherches formelles : il n'est point le natif guitariste que nous révèlent, par exemple, les œuvres de M. Verlaine. Mais M. Mallarmé se manifeste, ici même, un logicien et un artiste.

Ses poèmes diffèrent de tous autres en ce qu'ils sont composés. Les Parnassiens improvisaient leur musique, s'abandonnant aux trouvailles incidentes ; celui-ci a, le premier, soumis à un plan total les développements de sa mélodie. Une consciente logique a créé le thème, avec, — mais rien au delà, — son expansion nécessaire. De là cette exemplaire unité du ton musical. M. Mallarmé n'était, d'abord, un musicien ni un peintre : plus à l'aise par ce défaut naturel, il a choisi, pour chaque travail, les images, les rythmes et les sons qu'il a compris adéquats. La pièce des « Fleurs », n'est-ce point l'adagio d'une sonate merveilleuse, ou quelqu'un de ces préludes religieux de Bach, produisant toute l'émotion par un agencement voulu des mélodies ?

Logicien, M. Mallarmé était encore un Artiste. Nullement un ouvrier du vers, épris des fins artifices,

traitant la poésie comme un métier, aux heures de la
tâche. Non davantage un aristocrate, un seigneur de la
Pensée, à la façon de Balzac ou du comte de Villiers de
l'Isle-Adam, perdus, presque sans autre conscience,
dans les enchantements d'une vie supérieure qu'ils
évoquent d'instinct. Mais un artiste ; il savait que l'Art
est un travail, différant de la vie banale, et pour ce
motif, il l'aimait. Cette destination artistique est facile-
ment perçue dans les premiers vers du poète : c'est une
sincérité, un effort à éprouver les émotions qu'il traduit ; c'est encore la préférence, à toutes images naturelles, d'images plus affinées ; une curiosité des par-
fums exquis, des meubles, des tapisseries, des étoffes
très rares. Les sujets même, pareils à ceux de Baudelaire, disent un choix d'artiste. M. Mallarmé voyait
ce monde de nos réalités, et, au dessus, le monde plus
joyeux de l'Art : cette double vision, simultanée, elle
tient l'explication de l'œuvre prochaine. Déjà, aux
débuts, il voulait évoquer le monde supérieur, désiré :
l'évoquer par une intelligente volonté d'artiste logicien, non par un métier, ou une disposition naturelle et
irraisonnée. Et il a dédié, dès ce moment, sa vie à
l'œuvre de l'Art.

Noterai-je, dans les vers anciens, quelque autre qua-
lité du poète? Une tendance à voir toutes choses
comme des symboles. Un hôpital? c'est notre vie. Le
sonneur? c'est le poète invoquant l'idéal. La rose?
c'est Hérodiade. Nous sommes loin des images de
Hugo, rapides et fortuites, tropes scolaires vite aban-
donnés : voici, déjà, la vie entière considérée sous un
double aspect, réel et fictif. L'artiste voit constamment,
avec une égale sûreté, les deux mondes : et il trans-
pose dans l'Art toute réalité sensible.

II

Telles vertus apparaissent, — éclairées, sans doute, par leur suite prochaine, — dans les premiers poèmes de M. Mallarmé. Elles étaient étrangères et supérieures aux exigences de la poésie parnassienne ; elles devaient, nécessairement, le conduire à une conception nouvelle de la création poétique.

Tandis que les Parnassiens abandonnaient le métier des fines musiques pour écrire des proses égrillardes, ou des narrations rimées de sauvetages, ou des contes héroïques d'un hyperbolisme prestigieux, M. Mallarmé, logicien et artiste, cherchait, infatigablement, la rénovation logique de l'Art. Il avait, je crois, adopté un labeur ; il s'était fait ouvrier d'un ouvrage cruel ; mais afin de gagner l'isolement, les moyens d'échapper à la vue intéressée de ce monde, que, désormais, il voulait contempler comme un haut témoin, sans y être mêlé. Et dans la tranquillité de provinces mortes, après les heures sacrifiées à la tâche des mains, il méditait la signification présente et future de la Poésie.

Il vit alors que la poésie parnassienne était une préparation à la forme poétique véritable, une préparation désormais achevée. Les poètes Parnassiens avaient cherché des musiques ; mais ils n'avaient pas employé ces musiques à exprimer des émotions définies : il pensa que la Poésie devait être un Art, c'est-à-dire la création libre et consciente d'une vie spéciale. Pour cette fin, la Poésie devait s'unir à la Littérature, qui traduit les Idées par des mots précis. *Les poètes antérieurs avaient fait une pure musique, séduisant par elle seule : M. Mallarmé crut que la Poésie devait exprimer quelque chose*, créer un mode entier de la vie. A cette destination nouvelle convenaient des moyens nouveaux : M. Mallarmé fut ainsi amené à considérer quelles choses la Poésie devait signifier, et par quels moyens.

La Poésie devait être un Art, créer une vie. Mais quelle vie ? Une seule réponse était possible : la Poésie, art des rythmes et des syllabes, devait, étant une Musique, créer des *émotions*. Or les émotions, dans notre âme, sont inséparables de leurs causes, des idées qui les provoquent. Le plaisir, la douleur, abstraits, n'existent point : il y a seulement des idées joyeuses ou pénibles. Une sonate peut bien nous procurer des émotions sans le secours d'un texte, scénario, ou programme ; mais, d'abord, la langue de la musique instrumentale est plus précise que la langue émotionnelle des syllabes ; puis, cette musique même crée une vie moins pleine que la musique dramatique, où l'auteur nous donne, avec les émotions, l'énoncé de leurs causes. Et cette nécessité est plus vive pour la Poésie : les émotions que les syllabes évoquent sont tellement délicates et ténues, qu'elles requièrent, absolument, l'adjonction à elles d'idées précises.

Des émotions, justifiées par des sujets, c'est le but de la Poésie. C'est la règle ferme et première, que M. Mallarmé a nettement sentie : par elle, la Poésie devient un Art. Mais quels sujets siéent à la Poésie ? Divers, suivant la diversité des poètes. La nature mobile et indéfinie, les femmes, l'or : ce sont choses émouvant les uns, indifférant aux autres. Chaque poète doit traduire, par la musique des mots, les idées et les émotions dont il est le plus intensément saisi.

M. Mallarmé était un Artiste : les sujets de ce genre,

qui supposent une croyance complète à la réalité sensible, ne le séduisaient point. Et comme la logique
l'avait conduit à la Philosophie, il fut ému, spécialement, par les conceptions théoriques. A la recherche de
la vérité, il éprouva les plus conscientes joies. Il
voulut donc, en ses poèmes, recréer les joies de la
recherche philosophique : il voulut, pour les mieux
recréer, indiquer, aussi, leur sujet. Il fut amené à dire
sa philosophie : non pour la dire, mais parce qu'il ne
pouvait faire sentir d'autre façon les joies philosophiques, ses joies suprêmes, qu'il voulait exprimer.

La Philosophie de M. Mallarmé est celle que lui
commandaient ses qualités natives. Il admit la réalité
du monde, mais il l'admit comme une réalité de Fiction.
La nature, avec ses chatoyantes féeries, le spectacle
rapide et coloré des nuages, et les sociétés humaines
effarées, ils sont rêves de l'Ame ; réels : mais tous
rêves ne sont ils point réels ? Notre âme est un atelier
d'incessantes fictions, souverainement joyeuses lorsque
nous les connaissons notre créature. Inondante joie de
la création, délice du poète arraché aux intérêts qui
aveuglent, orgueil dernier d'être un œil librement
voyant, et voyant les rêves qu'il projette : c'est le sujet
des poèmes que nous a offerts M. Mallarmé.

Un faune, par l'après-midi adorable d'un antique
orient, a vu les nymphes légères, aimantes et folles.
Elles ont fui. Et le faune s'éplore : c'était un rêve, à
jamais perdu. Mais il comprend que toutes visions sont
rêves de son âme, et il évoque, délicieusement, les
douces envolées. Il crée leurs formes, les baisers
chauds de leurs lèvres : il va enlacer la plus belle... De
nouveau la vision s'enfuit. Mais, oh ! que vaines seraient
les douleurs. A son aise il rappellera les nymphes

lascives, onduleuses, créations bien-aimées de ses yeux (1).

Un noble poète est mort. Des regrets? Mais qu'est-ce, la mort d'un homme, sinon la disparition en nous d'un rêve? Les hommes que nous croyons réels, ils sont la triste opacité de leurs spectres futurs. Une ombre seulement s'efface, lorsqu'ils s'en vont. Cependant le poète, pour nous, vit, en outre de la vaine existence corporelle, une vie plus haute, impérissable. Le poète est une agitation solennelle de paroles ; la mort du poète épure et avive notre fiction de lui, seule réelle (2).

Dans la cellule désolée d'un cloître, c'est un moine tâchant aux patientes écritures. Il a vécu ignorant et chaste: il transcrit le grimoire très ancien, peut-être quelque naïf roman d'Alexandrie, où s'accouplent deux enfants timidement rieurs. Et voici que le désir s'instille dans l'âme inoccupée du moine. Il évoque les amants à revivre devant lui leurs lascives tendresses. Puis il veut être lui-même cet amant bienheureux. Souvenir ou vision? Hyperbole, plutôt, d'une réminiscence lointaine. Il veut, dans la cellule désolée, vivre la charmante et jeune vie de l'amour: il la vit. Il est avec l'enfant ingénue, dans le jardin familier : et sa notion des choses, sous l'amour subit, est transfigurée. Ils vont, princièrement, dans un jardin de féerie: ils vont dans un jardin prodigieux, hors du monde que leur habitude créait. Toutes fleurs s'étalent plus larges : les tiges des lys grandissent, enchantées : et ils vont,

---

(1) *L'Après-midi d'un faune.* (Derenne, éditeur.)
(2) *Le Tombeau de Théophile Gautier*, toast funèbre. (Lemerre, éditeur.)

radieusement enlacés, dans la région mélodieuse d'un rêve... Puis l'amour cesse, le miracle disparaît. Le moine songe qu'il est un pauvre moine vieilli ; vainement il évoque à nouveau la craintive amie. Retourne-toi, bon prêtre, à tes parchemins, reviens à ton obscur destin de fantôme ; bientôt t'effacera le dernier efface-ment, là-bas, sous les dalles funèbres (1) !

Un cygne se lamente, attaché par l'aile à la surface d'un lac dont les eaux sont gelées, éternellement. Il aurait pu, jadis, chanter, — créer — une autre région : là, il aurait vécu, abrité des hivers stériles et de l'en-nui. Hélas ! il est, aujourd'hui, devenu l'esclave de ce monde glacé. Son aile est attachée à la surface du lac, éternellement ! Éternellement ? Ne peut-elle s'arracher, en ce jour nouvel et vivace de la science regagnée ? Mais son col secoue vainement cette blanche agonie ; vainement il a nié l'espace qui le tient, et qu'il sait avoir créé. L'habitude cruelle le rive au sol : il peut mépriser cette vision de malheur : toujours, désormais, il la devra subir (2).

En d'étranges petits poèmes non rimés (3), le poète avait déjà indiqué cette signification idéale de la vie.

C'est une morte aimée, que le désir ressuscite : c'est un banal spectacle de foire, transformé par les yeux « différents » du poète, c'est l'admirable phénomène futur, l'évocation momentanée, devant notre âge de laides fantaisies, l'évocation de ce rêve ancien, devenu mystérieux : la Beauté de la Femme.

La philosophie de M. Mallarmé, durant cette période

---

(1) *Prose pour des Esseintes* (*Revue indépendante*, janvier 1885).
(2) Sonnet (*Revue indépendante*, mars 1885).
(3) *Pages oubliées* (*République des Lettres*, 1re année).

de sa vie, est ainsi la reconnaissance de l'impérissable
Fiction. Une phrase la résume, extraite des poèmes en
prose : « Artifice que la Réalité, bon à fixer l'intellect
moyen entre les mirages d'un fait (1). »

III

Par quelle forme la Poésie devait-elle exprimer les
émotions de ces rêves philosophiques ? Le problème
était malaisé. Il se rattachait à ce problème plus général : par quelle forme la Poésie peut-elle exprimer les
idées qui émeuvent le poète, et, en même temps, suggérer les émotions définies qui accompagnent ces idées ?
A ce problème encore, maintes solutions, suivant la
diversité des habitudes et des tempéraments. M. Mallarmé l'a résolu, comme il convenait, en logicien et en
artiste.

D'abord, il a admis une proposition évidente : c'est
que l'émotion poétique, ainsi que toute forme élevée
de l'Art, devait résulter, dans l'âme du lecteur, d'un
travail de création pareil à celui qu'a, d'abord, accom-
pli le poète. Le lecteur n'aura la complète joie de
l'Art que s'il refait, complètement, l'œuvre de l'artiste.
La Poésie ne doit donc pas être de lecture cursive, et
distraite : elle doit demeurer incompréhensible à ceux
qui n'ont point assez l'amour des jouissances esthétiques
pour lui dédier, longuement, toute leur âme. Il faut la
faire un temple très hautain, fermé aux lâches de l'Art,
translucide aux volontés bonnes. Les admirations som-

---

(1) *Le Spectacle interrompu* (tiré des *Pages oubliées*).

maires, ou les compréhensions inintelligentes, à quoi bon cela ? Elle doit être, la Poésie, éloignée, un autel rare de la joie dernière. La musique n'est point comprise — certes, — sans une éducation musicale : pourquoi la Poésie devrait-elle être jetée, cuite à point, dans les appétits faciles des passants ?

M. Mallarmé s'est ainsi résigné à n'être point clair pour ceux qui, avant d'être initiés, demandaient le temps de rire. Il a pu, à ce prix, atteindre le but qu'il voyait : dire des idées, suggérer les émotions de ces idées.

Aux points saillants de ses poèmes, il a disposé des mots précis, indiquant l'idée : c'est le sujet : et le sujet apparaît, clairement, à ceux qui daignent, d'abord, lire une fois la pièce entière. (Les ignorants de la Musique raillent-ils donc Beethoven, parce qu'ils doivent dé-chiffrer lentement ses partitions, avant d'en revivre la joie ?) Le sujet apparaît clairement, sous les modula-tions environnantes des syllabes musicales, comme ap-paraît, dans une fugue, le thème fondamental, malgré le conflit incessant des contre-sujets. Parfois le poète doit, pour les besoins de la Musique, — n'est-elle point le but essentiel ? — employer des métaphores et des périphrases : mais l'effort est achevé, et notre pa-tience de lectures multiples nous gagne enfin le bon-heur d'une création artistique.

Car, lorsque les mots littéraires, indiquant le sujet, ont été perçus, les syllabes voisines révèlent leur des-tination intime : elles sont l'accompagnement musical : et combien précis, continu, adéquat à l'idée qu'il escorte ! Toutes les trouvailles des poètes Parnassiens sont ici employées, mais logiquement et sagement, par un artiste maître d'elles, conscient de leur portée expressive.

Je sais que la réalisation n'est point parfaite ; que tels rythmes sont banals, telles métaphores à jamais obscures ; que, surtout, M. Mallarmé s'est astreint aux règles puériles du poème à forme fixe, et que l'ampleur de sa mélodie en a dû souffrir.

Mais qu'importent ces défauts, si l'on comprend la valeur superbe de l'effort artistique ? Exprimer par la Poésie, par une poésie logique et composée, des émotions définies et les plus hautes émotions !

Puis je crois que, malgré ses faiblesses, l'œuvre poétique de M. Mallarmé demeure, aujourd'hui, le meilleur modèle de ce que peut produire la musique des mots. Elle s'impose à notre affection par un charme profond et indéfinissable, issu, je crois, de ces deux caractères : la propriété et la nécessité musicales.

Avec une rare intellection esthétique, M. Mallarmé a exercé sa maîtrise première des tons musicaux. Chacune de ses pièces est écrite dans un ton homogène et convenant à la seule émotion que le sujet doit produire. C'est, dans *l'Après-midi d'un faune*, une légèreté fluide des syllabes, des alanguissements chauds, une modulation adorablement ancienne ; et une alternance de mélodies fuyantes, puis aggravées, suivant que l'illusion scintille ou s'atténue, dans l'âme du faune très subtil. *La Prose pour des Esseintes :* un emploi continu de mots brefs et lourds, et, durant le poème, un crescendo de passion, et, pour briser l'élan, soudain, ce vers, comme une cassure :

Que ce pays n'exista pas.

Alors la mélodie se charge de sons plus vulgaires : c'est un désabus cruel, le retour du moine aux habituelles tristesses.

Mais le caractère excellent, en ces poèmes, est l'intime nécessité logique des motifs et de leurs développements. Les vers apparaissent, relus, dans l'absolue nécessité d'être ce qu'ils sont : chacune des mélodies appelle la suivante, comme son unique conséquence possible. Un lien miraculeux tient ensemble toutes les parties : évidemment le poète a pris une entière science des signes et de leur valeur. Comme Beethoven — et nul autre dans l'Art — il donne cette impression parfaite de la nécessité. Il n'est point l'ouvrier un peu fat, indulgent aux belles fioritures ; mais, comme il l'a dit, « un humble qu'une logique éternelle asservit ».

Veut-on quelques exemples de cette manière poétique ? Voici (pourquoi n'amuserais-je point les badauds ?) le sonnet que M. Mallarmé a, récemment, dédié à Richard Wagner (1). Dans une extraordinaire étude critique, antérieure, M. Mallarmé avait dit son jugement sur Wagner ; il l'avait montré, conduit par son génie, lui musicien, à édifier le drame, qu'aurait dû faire la littérature : le drame étant le but dernier des travaux littéraires. Ici M. Mallarmé dressait un poème : il n'avait plus à expliquer un jugement : mais il a voulu exprimer, la justifiant, l'émotion que portait au Poète ce Musicien, envahissant la scène que les Poètes avaient préparée :

> *Le silence déjà funèbre d'une moire*
> *Dispose plus qu'un pli seul sur le mobilier*
> *Que doit un tassement du principal pilier*
> *Précipiter avec le manque de mémoire.*

---

(1) *Revue wagnérienne*, 8 janvier 1886.

Notre si vieil ébat triomphal du grimoire,
Hiéroglyphes dont s'exalte le millier
A propager de l'aile un frisson familier,
Enfouissez-le moi plutôt dans une armoire !

Du souriant fracas originel haï
Entre elles de clartés maîtresses a jailli
Jusque vers un parvis né pour leur simulacre,

Trompettes tout haut d'or pâmé sur les vélins,
Le dieu Richard Wagner irradiant un sacre
Mal tû par l'encre même en sanglots sybillins.

Voici le mobilier séculaire, que lentement avaient menuisé, pour le prochain Advenu, les poètes. Ils le voulaient transporter bientôt dans un palais plus beau promis à leurs soins. Mais une moire l'a recouvert de ses lourds plis funèbres ; déjà la maison va s'écrouler ; et le mobilier séculaire sera mis en morceaux, et déjà s'avance, pour le recouvrir, la moire plus funèbre de l'oubli.

Le mobilier séculaire des grimoires, rendu vain désormais et bientôt brisé, le cher mobilier des littératures et des poésies, — oh ! comme joyeusement il s'étalait aux yeux ! — il va dormir, inutile, dans une armoire toujours close, si les voûtes de la maison abîmée ne le détruisent pas.

Car voici que s'élance, sortie de cette cahute dédaignée, la Musique ; voici que s'élance, avec un épanouissement triomphal de clartés, jusque le parvis de ce palais, le Théâtre idéal, dressé pour le Poète.

Le voici, n'entendez-vous point les joyeuses sonneries qui l'annoncent ? — un dieu splendide, Wagner ; il est

souverain de la Scène, que pour d'autres on avait préparée ; et voici que le Poète lui-même, tandis que s'ef-
fondre le mobilier des poésies, salue, ébloui, l'usurpa-
teur du Temple qu'il rêvait.

... La forme spéciale de M. Mallarmé est toute en
ce poème : le sujet nettement indiqué par des mots
saillants, l'émotion traduite par le ton général de la
mélodie ; et le crescendo rayonnant des deux tercets ; et
ces vers, dont le sens est bellement atténué, afin qu'ils
soient de pures musiques :

> *A propager de l'aile un frisson familier.*

et :

> *Trompettes tout haut d'or pâmé sur les vélins.*

Autre exemple : un sonnet récent, publié ici-même.
Le poète allait, rêveusement, vers une femme adorée :
il allait par la tiédeur pâle d'un soir, tandis que l'accom-
pagnait, pareil à quelque char fabuleux, le cortège
mobile des blonds nuages, ombrant la tache embrasée
du soleil. Le poète, allait, entraîné vers Elle par le
beau char automnal ; maintenant il dit l'émotion légère
et noble qui l'éperd, l'Amour, vainqueur enfin des pen-
sives joies :

> *M'introduire, dans ton histoire*
> *C'est en héros effarouché*
> *S'il a du talon nu touché*
> *Quelque gazon de territoire*
>
> *A des glaciers attentatoire*
> *Je ne sais le naïf péché*
> *Que tu n'auras pas empêché*
> *De rire très haut sa victoire*

> *Dis si je ne suis pas joyeux*
> *Tonnerre et rubis aux moyeux*
> *De voir en l'air que ce feu troue*
>
> *Avec des royaumes épars*
> *Comme mourir pourpre la roue*
> *Du seul vespéral de mes chars.*

Auprès d'Elle, dans son histoire, voici le Poète venu : et c'est comme la peur naïve d'un héros, lorsqu'il touche du pied, enfin, le territoire qu'il a bravement gagné.

Il est heureux d'un bonheur superbe : voici que rient en lui les désirs mauvais ; ils riraient haut leur triomphe, tous les mauvais désirs ingénus ; et cependant les nobles nuages ombrent encore le soleil, là haut ; n'est-ce point leur attenter, aux glaciers royaux, cette passion qui les oublie ?

Cette passion amoureuse oublie les glaciers royaux ; le Poète s'égaie encore, radieusement, à voir disparaître le soleil, la rouge roue du char vespéral, la roue glorieuse qui naguère trouait le ciel, parmi les mobiles empires des nuées.

... Je ne sais pas une plus expressive et savante musique. L'idée est dite entièrement : par les mots dominants des premiers vers ; ensuite par l'accumulation des images, composant, dans l'ordre même où elle fut saisie, l'image totale du char. Mais l'idée est dite si habilement, que rien d'elle n'entrave le libre développement émotionnel de la mélodie. Quatre vers d'un mode ensemble héroïque et léger préludent à l'envahissante passion ; la passion s'élève, dans les pleines sonorités du second quatrain ; enfin le motif d'un regret s'y adjoint ; entendez le chant d'une fougueuse joie un peu inquiétée.

I V

M. Mallarmé a doté la poésie d'une langue nouvelle :
il a aussi renouvelé notre prose française. Il y a fait des
chefs-d'œuvre de profondeur et de finesse : une traduction des poèmes de Poë (1), prodigieusement fidèle par
la restitution des émotions, sous les mots ; une Préface
à Vathek (2), légère, délicate, réalisant la prose que le
dix-huitième siècle aurait dû écrire ; puis un article sur
Wagner (3), où, avec l'impartialité d'un artiste, il com-
pare le drame musical du maître allemand à l'idéal dramatique que lui-même a conçu : c'est là qu'il a défini la
Musique d'une définition enfin décente : « ces raréfac-
tions et ces sommités naturelles que la musique rend,
arrière-prolongement vibratoire de nos idées. » Mais
laissera-t-on que je dise quelques mots sur la prose de
M. Mallarmé ?

Nous avons une habitude d'écrire funeste, prise au
collège, et qui nous rend incapables d'une expression
artistique. Nous concevons nos phrases, d'abord, à
l'état de raisonnements abstraits : nous vivons seulement les idées ; ensuite, devant le papier, nous défor-
mons notre vision première pour mettre dans notre
phrase des mots trouvés après coup, et pour l'asser-
vir à des tournures convenues, plaisamment appelées
grammaticales, comme si l'unique grammaire n'était
point la logique naturelle, ordonnant toutes les idées

---

(1) Cette traduction, publiée jadis en divers recueils, sera
rééditée prochainement par le bibliopole Vanier.

(2) Alphonse Labitte, éditeur.

(3) *Revue wagnérienne,* 8 août 1885.

dans notre âme! M. Mallarmé fut amené, par une longue réflexion, à d'autres écritures. Il a voulu vivre d'abord la phrase entière, c'est-à-dire l'idée, toute, avec ses détails, leurs plans divers, les attitudes et les nuances des sensations. Puis il a, sincèrement, écrit sur le papier toute sa vision de cette idée : il nous a restitué, intacte, la phrase vécue : respectant l'ordre des sensations, les incidences, les plans que tenaient les parties, dans son âme. Une prose sincère, obscure aux lecteurs des journaux, mais donnant aux artistes la jouissance incomparable d'une haute pensée traduite objectivement.

V

Ces poèmes et ces proses : M. Mallarmé n'a point publié d'autres œuvres : de celles-là, seulement, j'ai pu tenter l'analyse. Il ne s'est point arrêté, cependant, à ces formes qu'il avait créées. Logicien, il a poursuivi ses recherches, et, artiste, il les a, constamment, tournées à l'Art. Ainsi il a entrevu une œuvre nouvelle ; non publiée encore, ni, je crois, achevée. J'en voudrais indiquer brièvement les traits essentiels ; les traits, du moins, issus directement des réflexions antérieures que j'ai notées.

« L'œuvre la plus haute de la Nature, dit, quelque part, M. Séailles, ce sont les religions et les métaphysiques : son dernier effort, c'est l'effort pour composer dans l'esprit de l'homme un vaste poème idéal... Et l'esprit est le prophète de la nature : en lui elle agite le pressentiment de ses mondes futurs. » Ces mots résument l'histoire philosophique de M. Mallarmé (1).

____

(1) G. Séailles, *Essai sur le génie dans l'art*, IV. Alcan, 1883.

Il avait aperçu que la source suprême des émotions
est la recherche des vérités ; et que le monde est une
réalité de fiction, vivant dans l'âme du Poète, contem-
plée par ses yeux tranquilles. Il voulut alors analyser
cette vision ; et, pour le considérer plus joyeusement, il
a créé un monde plus subtil. Alors il a découvert que
les parties de son Rêve étaient liées, impérieusement ;
chacune étant l'image profonde du reste. L'idée de la
Monadologie s'est offerte à lui, dans l'apparat de son orne-
mentation esthétique. Tout est symbole ; toute molécule
est grosse des Univers ; toute image est le microcosme de
la Nature entière. Le jeu des nuages dit au poète les
révolutions des atomes, les conflits des sociétés, et les
chocs des passions. Ne sont-ils point, tous les êtres,
des créations pareilles de nos âmes, issues des mêmes
lois, créées par les mêmes motifs (1) ?

Les jeux des nuages, les mouvements des eaux, les
agitations humaines, c'est maintes scènes variées du
seul Drame éternel. Et l'Art, expression de tous les
symboles, doit être un Drame idéal, résumant et annu-
lant ces représentations naturelles qui ont trouvé leur
pleine connaissance dans l'âme du Poète. Un Drame. A
qui offert ? A tous, répond M. Mallarmé. La meilleure
joie étant la compréhension du monde, cette joie doit
être donnée à tous. Le Poète doit rendre aux hommes
ce bonheur, qu'il leur a demandé. L'œuvre d'Art sera
donc un Drame, et tel que tous le puissent recréer,

---

(1) Ce symbolisme universel a toujours occupé M. Mallarmé.
Il notait des concordances imprévues entre les formes des cos-
tumes, des meubles, et leur vraie destination. Dans une intéres-
sante *Philologie anglaise*, publiée par M. Truchy, il cherchait
les affinités de signification justifiant les parités des mots.

c'est-à-dire suggéré par le Poète, non exprimé dernièrement par son caractère particulier.

Ainsi M. Mallarmé a cherché les intimes corrélations des choses. N'a-t-il point vu, dans sa curiosité, que le nombre des symboles était indéfini, qu'il avait, en lui, le pouvoir de les renouveler sans cesse, et qu'il s'épuiserait vainement à les vouloir saisir tous ?

Il a cherché, encore, la forme qui convenait à cette œuvre idéale. Puisque le Drame poétique est aujourd'hui impossible, car les hommes sont égarés dans les intérêts vils, et détournés de la joie artistique, — le Poète, du moins, doit écrire ce Drame, faire le Livre, enfermer l'Œuvre là, pour l'avenir. Mais le Livre, ce ne pouvait être les volumes que nous présentent nos libraires, tranches de journaux paginées, détruisant l'illusion par la laideur de leurs caractères. M. Mallarmé a pensé que sa forme poétique, isolant des mots précis parmi les syllabes purement musicales, que cette forme devait être aidée par la disposition matérielle des écritures. Il a rêvé alors un Livre nouveau, où les sujets pourraient être distingués aisément de la musique environnante. Il a cherché la forme parfaite du Livre ; et, comme sa recherche des symboles, je crains que cette recherche des typographies ne s'allonge, indéfinie. Il n'a point admis que les signes importaient peu, que la bonne volonté des lecteurs suppléait aux insuffisances de la matière. Toujours, désormais, son âme poursuivra le vain rêve mobile des perfections ; et l'Œuvre de sa vie demeurera toujours inachevée, s'il ne s'arrache point aux belles chimères pour traduire, avec les procédés que d'autres lui fournissent, telles prestigieuses partie du Symbole Universel.

Je dis une crainte, non un blâme. Apprécier les

nouvelles conceptions de M. Mallarmé, ceux-là y seront
aptes qui connaîtront enfin réalisée son œuvre : cette
œuvre que nous devons attendre avec une désespé-
rance pieuse.

V I

La part de M. Mallarmé, dans l'Art de nos âges, fut
et demeure la plus noble. Il a compris que la Poésie
devait avenir à l'Art, et par quels moyens. Puis il a
ébauché la tâche de cet avénement, avec les caractères
spéciaux de sa nature. Il a produit des poèmes très
beaux, les plus beaux, je crois, dont la poésie soit
capable aujourd'hui. Demain, — si l'Art hélas, pouvait
encore avoir un demain, — la forme de la poésie serait
meilleure ; elle deviendrait une prose rythmée et musicale, usant les rimes et les césures, et les assonances,
mais seulement lorsque ces procédés seraient exigés
par l'expression musicale. Demain, ce serait aussi
l'union nécessaire de tous les arts, dans un Livre
unique, et l'appel de chacun à sa destination particu-
lière. La Poésie n'aurait plus alors à s'embarrasser de
dire les sujets de ses émotions : car elle serait accom-
pagnée toujours de la Prose (littéraire, non poétique)
disant les idées, et du Dessin, notant les sensations. Ce
serait la vie complétement recréée, par l'Artiste, en
tous ses modes. Mais que fais-je à évoquer cet idéal
lointain, éloigné encore, indéfiniment, par nos démo-
craties ?

M. Mallarmé a eu l'honneur d'introduire la Poésie
dans l'Art, en la dédiant à exprimer des émotions
définies. Déjà, malgré les railleries des fins et des
doctes, il a été suivi dans cette voie précieuse. Mais

qu'il ait ou non des successeurs, qu'il achève ou non l'œuvre admirable qu'il essaie, il s'imposera surtout à notre admiration parce qu'il aura été un Artiste.

C'est que, depuis Beethoven (à qui, et à nul autre, je le dois toujours comparer), M. Mallarmé aura seul donné cette image d'un Artiste véritable. Il a seul préféré toujours, à tous les argents, à toutes les gloires, la création libre et consciente d'une vie artistique. Un fou, dira-t-on? Oui, assurément. Car la folie est une « différence ». Et non pas un fou pareil à tel autre récitateur merveilleux, qui crée aussi un monde différent, mais de façon instinctive, sans la joie consciente de se connaître créateur. La folie de l'Artiste est plus haute : elle est plus joyeuse. Elle est à connaître la réalité commune, et, librement, à dresser, plus haut, une réalité meilleure. Elle est à éprouver le plaisir de l'Action suprême, à se savoir, à se faire un « différent » !

M. Mallarmé, sans doute, connaît ce plaisir. Il assiste à sa création des Fictions idéales. Il a construit si loin le temple pur de son art qu'il l'a mis à l'abri de la Gloire elle-même. Il ne verra point ce que verraient aujourd'hui Racine et Beethoven, ses œuvres polluées par l'admiration avilissante des niais. Et il aura la joie entre toutes sainte et délicieuse, il aura toujours, dans la sérénité bienheureuse de son noble esprit, les railleries et les dédains des hommes pour son incompréhensible folie.

4009 — ABBEVILLE, TYP. ET STÉR. A. RETAUX. — 1886

PUBLICATIONS DE *LA VOGUE*

A paraître :

LES ILLUMINATIONS, d'ARTHUR RIMBAUD, préface
de M. PAUL VERLAINE.

LES VOYAGES DE BALTHASAR DE MONCONYS,
publiés par M. CHARLES HENRY.

LE CONCILE FÉERIQUE de M. JULES LAFORGUE.

LES OPUSCULES LITTÉRAIRES DE CASANOVA
DE SEINGALT, publiés par M. GUSTAVE KAHN.

L'ART POÉTIQUE D'HORACE, traduit par CLAUDE
PELLETIER, édité par M. ALFRED DEHODENCQ.

LES IMPRESSIONNISTES EN 1886, de M. FÉLIX
FÉNÉON.

LA THÉORIE DE RAMEAU SUR LA MUSIQUE, par
M. CHARLES HENRY.

LES PALAIS NOMADES, de M. GUSTAVE KAHN.

4009 — ABBEVILLE, TYP. ET STÉR. A. RETAUX — 1886

www.ingramcontent.com/pod-product-compliance
Ingram Content Group UK Ltd.
Pitfield, Milton Keynes, MK11 3LW, UK
UKHW021028120726
13693UKWH00005B/2257